待つ

太宰治＋今井キラ

初出：短編集『女性』1942年6月

太宰治

明治42年（1909年）青森県生まれ。小説家。1935年、「逆行」が第1回芥川賞の次席となり、翌年、第一創作集『晩年』を刊行。『斜陽』などで流行作家となるが、『人間失格』を残し玉川上水で入水自殺した。「乙女の本棚」シリーズでは本作のほかに、『魚服記』、『葉桜と魔笛』、『女生徒』がある。

今井キラ

兵庫県生まれ。ファッションブランドAngelic Prettyや雑誌、小説の装丁画などに作品を提供。作品集として『女生徒』（太宰治＋今井キラ）、『月行少女』、『少女の国』、『ひと匙姫』がある。他の追随を許さない独自の空気感で、世界中のロリータ少女たちから支持され続けている。

省線のその小さい駅に、私は毎日、人をお迎《むか》えにまいります。誰とも、わからぬ人を迎えに。

市場で買い物をして、その帰りには、かならず駅に立ち寄って駅の冷いベンチに腰をおろし、買い物籠《かご》を膝に乗せ、ぼんやり改札口を見ているのです。上り下りの電車がホームに到着するごとに、たくさんの人が電車の戸口から吐《は》き出され、どやどや改札口にやって来て、一様に怒っているような顔をして、パスを出したり、切符を手渡したり、それから、そそくさと脇目《わきめ》も振らず歩いて、私の坐《すわ》っているベンチの前を通り駅前の広場に出て、そうして思い思いの方向に散って行く。

東京ゆき
9765
3等
10銭
9765
市内ゆき
下車前途無効
東京ゆき
料金 25

私は、ぼんやり坐っています。

誰か、ひとり、笑って私に声を掛ける。おお、こわい。ああ、困る。胸が、どきどきする。考えただけでも、背中に冷水をかけられたように、ぞっとして、息がつまる。

けれども私は、やっぱり誰かを待っているのです。一体私は、毎日ここに坐って、誰を待っているのでしょう。どんな人を？

いいえ、私の待っているものは、人間でないかも知れない。
私は、人間をきらいです。いいえ、こわいのです。

人と顔を合せて、お変りありませんか、寒くなりました、などと言いたくもない挨拶《あいさつ》を、いい加減に言っていると、なんだか、自分ほどの嘘つきが世界中にいないような苦しい気持になって、死にたくなります。そうしてまた、相手の人も、むやみに私を警戒《けいかい》して、当らずさわらずのお世辞やら、もったいぶった嘘の感想などを述べて、私はそれを聞いて、相手の人のけちな用心深さが悲しく、いよいよ世の中がいやでいやでたまらなくなります。世の中の人というものは、お互い、こわばった挨拶をして、用心して、そうしてお互いに疲れて、一生を送るものなのでしょうか。

私は、人に逢《あ》うのが、いやなのです。だから私は、よほどの事でもない限り、私のほうからお友達の所へ遊びに行く事などは致しませんでした。

家にいて、母と二人きりで黙《だま》って縫物《ぬいもの》をしていると、一ばん楽な気持でした。けれども、いよいよ大戦争がはじまって、周囲がひどく緊張してまいりましてからは、私だけが家で毎日ぼんやりしているのが大変わるい事のような気がして来て、何だか不安で、ちっとも落ちつかなくなりました。身を粉《こ》にして働いて、直接に、お役に立ちたい気持なのです。私は、私の今までの生活に、自信を失ってしまったのです。

玉付
御待針
純絹糸
NEE DLE
純絹
スワン印
縫 針

家に黙って坐って居られない思いで、けれども、外に出てみたところで、私には行くところが、どこにもありません。買い物をして、その帰りには、駅に立ち寄って、ぼんやり駅の冷いベンチに腰かけているのです。

どなたか、ひょいと現われたら！　という期待と、ああ、現われたら困る、どうしようという恐怖と、でも現われた時には仕方が無い、その人に私のいのちを差し上げよう、私の運がその時きまってしまうのだというような、あきらめに似た覚悟《かくご》と、その他さまざまのけしからぬ空想などが、異様にからみ合って、胸が一ぱいになり窒息するほどくるしくなります。

生きているのか、死んでいるのか、わからぬような、白昼の夢を見ているような、なんだか頼りない気持になって、眼前の、人の往来の有様も、望遠鏡を逆に覗《のぞ》いたみたいに、小さく遠く思われて、世界がシンとなってしまうのです。

ああ、私は一体、何を待っているのでしょう。

ひょっとしたら、私は大変みだらな女なのかも知れない。大戦争がはじまって、何だか不安で、身を粉にして働いて、お役に立ちたいというのは嘘で、本当は、そんな立派そうな口実を設けて、自身の軽はずみな空想を実現しようと、何かしら、よい機会をねらっているのかも知れない。ここに、こうして坐って、ぼんやりした顔をしているけれども、胸の中では、不埒《ふらち》な計画がちろちろ燃えているような気もする。

一体、私は、誰を待っているのだろう。はっきりした形のものは何も無い。ただ、もやもやしている。けれども、私は待っている。大戦争がはじまってからは、毎日、毎日、お買い物の帰りには駅に立ち寄り、この冷いベンチに腰をかけて、待っている。

誰か、ひとり、笑って私に声を掛ける。おお、こわい。ああ、困る。私の待っているのは、あなたでない。それでは一体、私は誰を待っているのだろう。旦那《だんな》さま。ちがう。恋人。ちがいます。お友達。いやだ。お金。まさか。亡霊《ぼうれい》。おお、いやだ。

もっとなごやかな、ぱっと明るい、素晴らしいもの。なんだか、わからない。たとえば、春のようなもの。いや、ちがう。青葉。五月。麦畑を流れる清水。やっぱり、ちがう。ああ、けれども私は待っているのです。胸を躍《おど》らせて待っているのだ。

眼の前を、ぞろぞろ人が通って行く。あれでもない、これでもない。私は買い物籠をかかえて、こまかく震えながら一心に一心に待っているのだ。

私を忘れないで下さいませ。毎日、毎日、駅へお迎えに行っては、むなしく家へ帰って来る二十《はたち》の娘を笑わずに、どうか覚えて置いて下さいませ。

その小さい駅の名は、　わざとお教え申しません。

お教えせずとも、あなたは、いつか私を見掛ける。

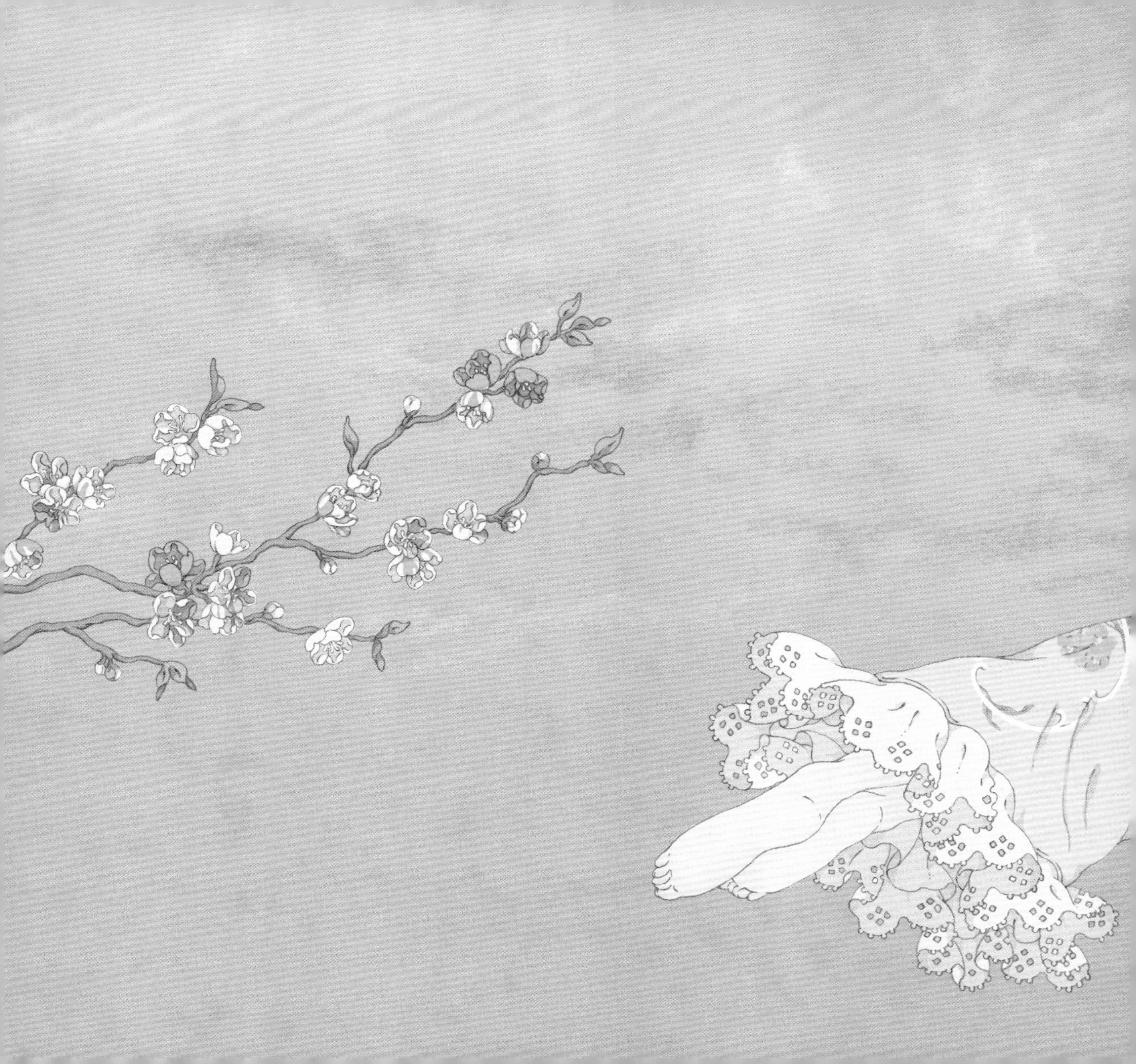

乙女の本棚シリーズ

［左上から］

『女生徒』太宰治 + 今井キラ
『猫町』萩原朔太郎 + しきみ
『葉桜と魔笛』太宰治 + 紗久楽さわ
『檸檬』梶井基次郎 + げみ
『押絵と旅する男』江戸川乱歩 + しきみ
『瓶詰地獄』夢野久作 + ホノジロトヲジ
『蜜柑』芥川龍之介 + げみ
『夢十夜』夏目漱石 + しきみ
『外科室』泉鏡花 + ホノジロトヲジ
『赤とんぼ』新美南吉 + ねこ助
『月夜とめがね』小川未明 + げみ
『夜長姫と耳男』坂口安吾 + 夜汽車
『桜の森の満開の下』坂口安吾 + しきみ
『死後の恋』夢野久作 + ホノジロトヲジ
『山月記』中島敦 + ねこ助
『秘密』谷崎潤一郎 + マツオヒロミ
『魔術師』谷崎潤一郎 + しきみ
『人間椅子』江戸川乱歩 + ホノジロトヲジ
『春は馬車に乗って』横光利一 + いとうあつき
『魚服記』太宰治 + ねこ助
『刺青』谷崎潤一郎 + 夜汽車
『詩集『抒情小曲集』より』室生犀星 + げみ
『Kの昇天』梶井基次郎 + しらこ
『詩集『青猫』より』萩原朔太郎 + しきみ
『春の心臓』イェイツ（芥川龍之介訳）+ ホノジロトヲジ
『鼠』堀辰雄 + ねこ助
『詩集『山羊の歌』より』中原中也 + まくらくらま
『人でなしの恋』江戸川乱歩 + 夜汽車
『夜叉ヶ池』泉鏡花 + しきみ
『待つ』太宰治 + 今井キラ

全て定価：1980円（本体1800円+税10%）

『悪魔　乙女の本棚作品集』
しきみ
定価：2420円（本体2200円+税10%）

待つ

2023年2月17日　第1版1刷発行

著者　太宰 治
絵　今井 キラ

発行人　松本 大輔
編集人　野口 広之
編集長　山口 一光
デザイン　根本 綾子(Karon)
協力　神田 岬
担当編集　切刀 匠

発行：立東舎
発売：株式会社リットーミュージック
〒101-0051 東京都千代田区神田神保町一丁目105番地

印刷・製本：株式会社広済堂ネクスト

【本書の内容に関するお問い合わせ先】
info@rittor-music.co.jp
本書の内容に関するご質問は、Eメールのみでお受けしております。
お送りいただくメールの件名に「待つ」と記載してお送りください。
ご質問の内容によりましては、しばらく時間をいただくことがございます。
なお、電話やFAX、郵便でのご質問、本書記載内容の範囲を超えるご質問につきましてはお答えできませんので、
あらかじめご了承ください。

【乱丁・落丁などのお問い合わせ】
service@rittor-music.co.jp

Printed in Japan　ISBN978-4-8456-3842-0
定価 1,980円(1,800円+税10%)